# Mon meilleur ami

Rob Hodgson

1·2·3 Soleil!

Bonjour !

Je m'appelle Petite Souris
et je vais vous présenter mon meilleur ami.

Voici Grand Hibou !

Un jour, il est venu me chercher dans la prairie
pour me déposer dans son grand châtaignier.

Et nous sommes devenus amis.

Tous les jours, nous jouons à son jeu préféré :

je cours et il essaie de m’attraper !

Il est très très rapide…

… mais pas assez prudent !

Après, il veut toujours faire une partie de cache-cache.

Je suis très forte pour me cacher.
Cela peut durer des heures !

Quand nous sommes fatigués,
il me propose un goûter bien mérité.

Mon meilleur ami est si gentil,
j'ai vraiment de la chance !

Il m'offre des beignets...

des tonnes de beignets !

Que j'avale tout entiers !

Mais parfois je me demande…

si c’est vraiment ça un ami.

Il me suit partout,

même quand j'ai envie d'être toute seule.
Honnêtement, il est un peu collant !

Mais c'est parce qu'il m'aime beaucoup.

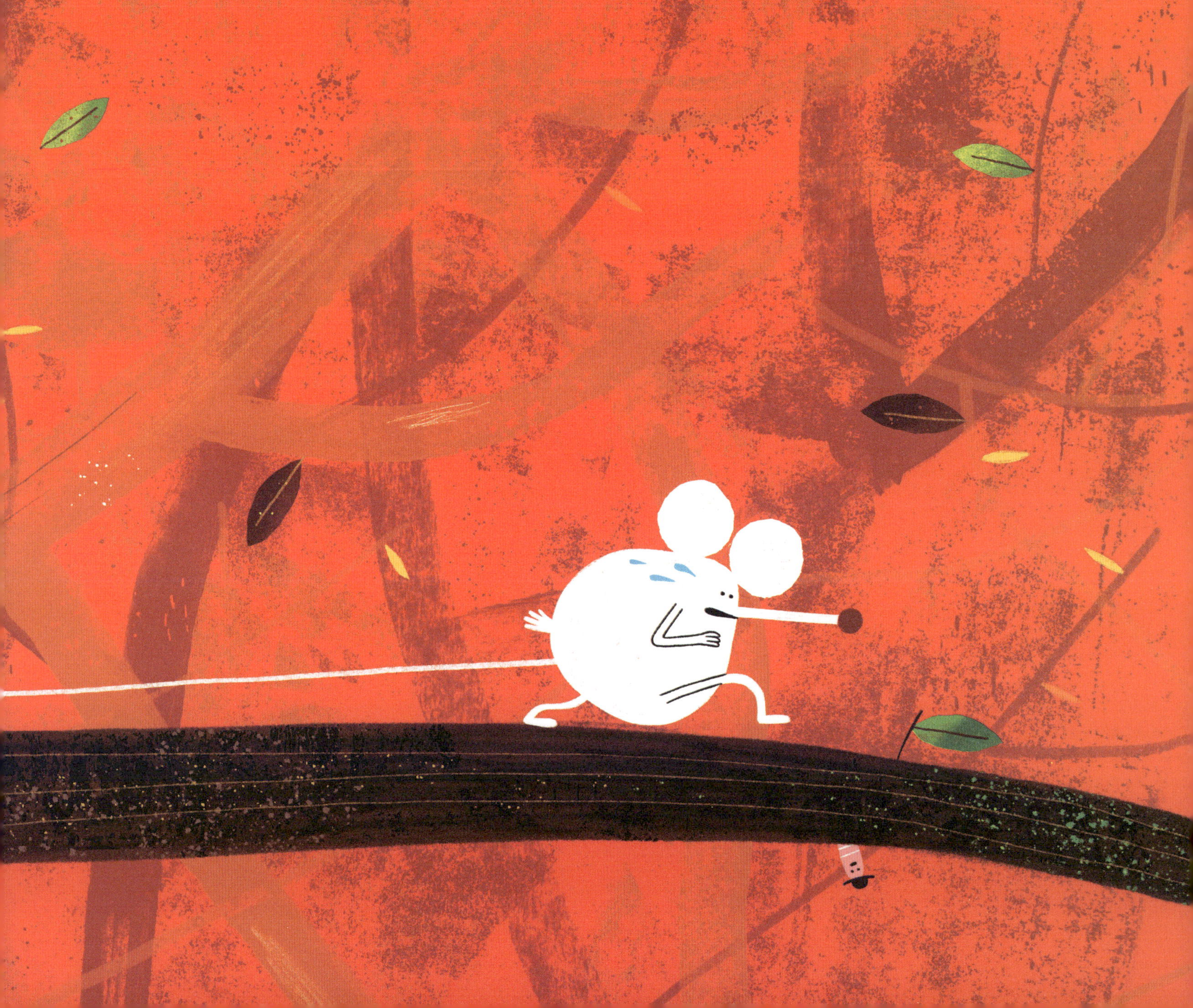

Grand Hibou m'aime tellement
qu'il me fait de beaux cadeaux.

Il m'a offert une jolie maison !

Grâce à lui, je suis en sécurité…

pour dormir dans son grand châtaignier.

Un matin, je me suis réveillée dans un endroit tout noir.

J'ai appelé Grand Hibou
et j'ai couru partout pour le retrouver.

*Grouic.*

*Bloooup !*

*Oooh.*

*Eeeeeeeeeeeee…*

BLEUUURRRRRRP!

“Oh merci Grand Hibou, tu m’as sauvée !

Tu es vraiment mon meilleur ami !”

Pour Alba – R.H.


2, Le Gué - 35380 Plélan-le-Grand - France

Publié pour la 1ère fois en 2019, sous le titre original « My best friend »
par Frances Lincoln Children's Books,
une marque du groupe Quarto © 2019, Quarto Publishing plc
The Old Brewery, 6 Blundell Street,
London N7 9BH, United Kingdom



Adaptation : Atelier Cloro
Code éditeur : 978-2-35990
Dépôt légal : janvier 2021

Imprimé en Chine